청어詩人選 29

나의 사랑 하늘입니다

| 김미화 시집 |

청어

나의 사랑 하늘입니다

김미화 지음

발행처 · 도서출판 **청어**
발행인 · 이영철
기　획 · 손영국 | 김홍순
영　업 · 이동호
편　집 · 김영신 | 김인현
디자인 · 오주연
인　쇄 · 두리터

등　록 · 1999년 5월 3일(제22-1541호)

1판 1쇄 인쇄 · 2008년 3월 30일
1판 1쇄 발행 · 2008년 4월 10일

주소 · 서울시 서초구 서초동 1588-1 신성빌딩 A동 412호
대표전화 · 586-0477
팩시밀리 · 586-0478

블로그 · http://blog.naver.com/ppi20
E-mail · ppi20@hanmail.net
ISBN · 978-89-92554-62-6 (03810)

나의 사랑 하늘입니다

유년의 어느 봄날, 기와집 처마 밑
개나리꽃을 닮은 노오란 새끼 제비가
어미를 향해 오물오물 짹짹거릴 때
그 절박함을 보고 일기로 쓰기 시작한 글
내 인생의 영원한 스승이신 어머니께서
격려해주신 것이 계기가 되어
문학과 인연을 맺은 것 같습니다.

녹록찮던 삶,
지난 세월 늘 미뤄놨던 미완의 숙제
이제 지천명의 고갯길 넘으며 풀어볼까 용기를 냅니다.
하늘에 계신 지엄하신 그분께선
모든 피조물들 행복한 삶을 영위하다
아름다운 삶을 마치기를
진정 바라고 계신다고 믿습니다.

나 혼자가 아닌 더불어 사는 형제자매들에게
힘이 되는 작은 선물
지상에서 동행한 흔적으로 남기고 싶습니다.

그나마 주신 달란트 송구한 심정으로 화답하며
부르심의 때, 기다릴 것입니다.
『나의 사랑 하늘입니다』 시집을 상재합니다.
진솔한 나눔과 공감이 있기를 기도하면서…

김미화 스텔라

c·o·n·t·e·n·t·s

1

나란히 가는 사랑

2

행복

3

나의 사랑 하늘입니다

사랑으로 부르는 신앙의 노래

김년균
(시인 · 한국문인협회 이사장)

한국문인협회 홍보분과위원회 위원이신 김미화 시인이 시집을 상재한다.

나의 기억 속에 각인되어 있는 김미화 시인은 매우 겸손한 분이다.

홍보위원으로 선임한 지 얼마 지나지 않아서의 일이다.

"이사장님, 부족한 제가 홍보위원으로 선임되어 혹 누(累)가 되지 않을까 걱정이 됩니다."

차분하면서 고운 심성이 감지되는 전화 목소리를 듣던 그날, 나는 참으로 기분이 좋았다. 글을 쓰는 문인들 중에는 작품은 절창으로 쓰지만 목이 곧고 뻣뻣하여 겸손의 고개를 숙이는 분들이 흔치 않기 때문이다.

16세기 프랑스의 문필가 몽테뉴는 말하기를 "우리는 인생이 흘러간 다음에야 인생을 어떻게 살아야 하는지를 깨닫고 후회하게 된다." 하였다.

후회 없는 인생을 살다 가기 위해서는 자아(自我)를 겸손으로 다스리는 것보다 더 중요한 것은 없다. 만고불변의 진리, 성서에 기록되어 있는 대로 '교만은 넘어짐의 앞잡이요, 패망의 선봉' 이기 때문이다.

겸손의 미덕, 그 근원은 김미화 시인의 오랜 가톨릭 신앙에서 찾아야 할 것 같다.

시집 원고의 대부분이 절대자를 향한 깊은 신앙심이 내포되어 있고, 이웃의 아픔과 불행을 가슴 속에 끌어안고, 할 수만 있다면 자신을 희생하면서까지 도움을 주고 싶어하는 애틋한 사랑이 감지되어진다.

기독인으로 살아계신 하나님을 경외하며 신의 영역 안에서 창작의 길을 걸어왔기 때문에 나의 '시론' 에는 기독교적 철학과 관념이 짙게 배어 있다.

그 시론에 배어 있는 종교적 성찰의 메시지가 가톨릭 교인인 김미화 시인의 작품에도 함축되어 있어 신·구교, 교파의 벽을 뛰어넘어 동질감을 갖게 된다.

참회의 촛불
흐느끼듯 일렁이고
그레고리안 음률에
거짓의 어둔 맘 녹아드는 밤

탐욕의 손 모으고
고뇌의 늪 벗어나려고
발가벗은 영혼이

성찰의 바람에 바르르 떨고 서 있다

누추한 마음 속 구유
교묘한 궤변과 욕심의 앙금을 태우고
깨달은 봉헌의 삶
천상의 예물로 누일 곳 마련하는데

고해소 창밖은
침묵의 상한 영혼
트리의 불빛으로 얼어붙는
염치없는 영하의 거리

　－「고해소 앞에서」 전문

　위의 시에서 보듯이 김미화 시인은 가슴 속에 꺼지지 않는 한 자루 촛불을 밝히고 있다.

　그것은 고해의 촛불인데, 어두운 마음을 밝히며 내면 의식에 달라붙은 오염의 티끌들을 스스로 털며 씻어내는 자아성찰의 작업이다.

　그러므로 시인의 인격 위에 겸손의 옷을 단정하게 입고 인생길을 걸어가고 있어 진리와 사랑이 내포되어진 작품들이 아름답기도 하지만, 사랑꽃 향기가 진동하고 있음을 느끼게 된다. 시적 기교면에서는 부족하다 평을 받을지 모르지만 그의 시는 순수하다는 특징을 지니고 있다.

　조지훈 시인은 '시는 제2의 자연(自然)'이라고 했다. 자연을 닮은 한 편의 시가 탄생되기 위해 선행되어야 할 것은 시를 창작하는 시인의 마음 상태가 청결해야 한다는 것은 두말할 필요가 없다.

일상에서 더러워진 수족을 날마다 씻듯이 시를 쓰기 전 자신의 마음을 고해의 기도로 씻어 내린 시인의 작품이 시단에 모습을 드러낸다면, 기교나 절묘한 시법의 작품보다 진솔한 시를 선호하는 독자들에게 사랑을 받을 수 있을 것이다.

나는 겸손하고 정감이 넘치는 사람들을 좋아한다. 그들과 함께 문학의 길을 걸어가고 싶다. 교만한 사람은 어디를 가도 타인의 단점과 험담을 늘어놓고 분열을 일으키지만, 겸손한 사람은 타인의 단점은 덮고 장점을 부각시켜 단합을 이룬다.

그리고 온유한 사랑의 눈빛으로 인격적으로 진실하게 교제하기 때문에 만사형통 환영을 받는다.

모쪼록 김미화 시인이 한국문단사에 신앙적 미학과 겸손의 인격자로 그 이름을 남길 수 있기를 바라면서 『나의 사랑 하늘입니다』 시집 상재를 축하한다.

• • • • • 나의 사랑 하늘입니다

1

나란히 가는 사랑

어느 날
더 이상 갈 수 없는
길 앞에서
오랠수록
깊은 맛을 내며
먼 길 함께하는
소꿉친구처럼
나란히 가는 사랑
꿈꾸었습니다

 ● ● ● ● ● 나의 사랑 하늘입니다

화려한 식탁

아침 햇살 내려앉다 달아날 정도이면 될까요
따스한 제 마음 자리 잡고 있어서
보글보글 된장찌개 길 헤맬 정도이면 될까요

애틋한 제 정성 먼저 놓여 있어서
포만감의 희열, 화려함
멀리 달아날 정도이면 될까요

그윽한 불빛 사랑으로 하나 되어 있는 곳
만인이 곱다 하는 하늘 님
꿈에라도 여기 올 수 없을까요

이 세상, 나의 생애 단 한 번뿐인
당신으로 빛이 날 화려한 식탁에
그대 모시고 싶습니다

선물

어느 날
바람이 전해준 귀한 선물 받아들고
눈물이 났습니다

어둠 속 불빛 반짝이듯
한 사람 위한 정성 희생적 사랑
빛을 발하고 있었기 때문입니다

인생길 힘들게 걷다
옹달샘 발견한 소녀의 기쁨
행복에 젖을 수 있었습니다

삶에서 배당된 시간 줄어들듯
낡아지고 사라지겠지만
그대 마음만은 가슴에 품겠습니다

울란바토르

칭기즈칸 숨결이 살아 있는
가초르트 평원의 자유
휘두르던 말채찍에
무너진 몽골인의 자존심
중앙 분리선 뭉개며
그 옛날 야성이 질주를 한다

쏘아 올린 인공의 불빛
게르로 떨어지던
유성의 밝은 웃음 앗아가고
초원의 생명 숨 쉬던 푸른 공기
기름 태운 먹구름 야금야금 탐식을 한다

마유주 한 잔에 옛집 향수를 달래는
고원의 고독한 방랑자
붉은 영웅 울란바토르
메마른 흙바람에 아린 눈빛으로
태초의 순수를 잃어가는
살점 뜯기는 지구의 아픔을 대변하고 있었다

마리아의 고희

꿈의 결실
베드로, 미카엘라, 스텔라, 바오로, 가브리엘라
기도의 품에 안고 민간인 통제구역
지아비 바라기로 따라 돌며
가르침의 날개 아프게 접고
뽀얀 흙먼지 길에
핏빛 자목련 꽃으로 피어난 여인

아픈 세월의 강
보랏빛 자맥질 숙명으로 끝내고
반쪽 잃은 몸으로
일흔, 성상 위에 영롱한 침묵
보석처럼 반짝입니다

세파에 멍든 꽃잎 한 잎 두 잎
무심한 형산강에 희생 제물로 띄우고
눈물로 완성한 가슴 저린 인고의 삶
이젠 세상 주는 어떤 위안보다
당신이 뿌려주신 분홍 꿈 먹고 자란
보은의 피붙이 다섯 손가락
따뜻한 안식처로 펼쳐 드리오리다

부를수록 그립고 목이 메는
사랑의 여인 내 어머니 마리아여
목숨처럼 지키며 따르던
지아비 애절히 보고플 때면
마디마디 쌓인 삶의 노여움 풀어 헤치고
형산의 학이 되어
축복의 날갯짓 천상의 요셉 향해
천년, 푸르게 푸르게 날아오르소서

에덴의 겨울밤

하얗게
깨어있는 기도의 영혼
고라니 발자국 따라 걸어 나간
도톰한 웃음이
두 뺨 새파란 전신주 불빛
잠들지 못하게 하고
닫힌 듯 열린 문으로
삐걱대며 들어온 도회의 낯선 칼바람
선 채로
이—잉 이—잉 온밤 가슴을 맞대고 있다

하룻밤
본향에 머물고픈
아담과 이브의 살가운 몸짓
초연히 누운 눈밭
겨울나무 그림자에 걸어두고
뜻 몰라 서성이며 밤새 두 손 모으는데
애절한 마음
불변의 사랑 밀초처럼 녹아내려
쌓인 눈 끝내 얼지 못하고
에덴의 겨울 밤 감사의 정으로 이제 깊이 잠들려 한다

태안 흑사병

평화로운 초록바다
21세기 흑사병 파도를 타고 확산되더니
은모래와 사랑을 속삭이던 바윗돌, 바다 새
처절히 죽어가고 있었습니다

두통, 구토, 고열에 시달려 검게 타버린 참혹한 모습
숨 끊어진 시체 속 중환자 찾아 가슴에 보듬을 때
해풍에 뒤섞인 한 가닥 신음소리
희미한 맥박 겨우 잡힙니다

머리에서 발끝까지
기도와 사랑의 손길로 보살핍니다
뻣뻣이 굳은 육체 온기가 돌고
의식 돌아온 바윗돌 하늘을 응시하며 침묵하고 있습니다

미안하다 내가 조심하지 못해서
평화로운 이곳에 페스트균 퍼트렸구나
끝없이 쏟아내는 검은 눈물 가슴으로 닦아주며
용서를 빌었습니다

나란히 가는 사랑

마주보며 느끼는
확실한 사랑보다
나란히 걸으며 느끼는
은은한 사랑이 난 좋습니다

거리를 오가는
8월 원추리꽃 군중들
서로의 눈빛 속으로 빠져들며
노랗게 엉켜가는 일회용 발걸음보다

문득 옆을 돌아보면
낯선 느낌, 마음이 마음에게
푸른 그리움을 흘리는
원숙한 반영구적 발걸음이

아무래도
세속의 뒤꼍을 감싸고 가꾸느라
거짓으로 부푼 애드벌룬 사랑에겐
덜 미안한 일이겠지요

어느 날
더 이상 갈 수 없는 길 앞에서
오랠수록 깊은 맛을 내며
먼 길 함께하는 소꿉친구처럼
나란히 가는 사랑 꿈꾸었습니다

시래기 덕장에서

유언도 없이
거꾸로 매달린 초록의 산발
가난의 땅거미를 풀어헤치고
겨우살이 풍요의 양식으로
허기진 산자락에 보시로 펄럭인다
옛 맛 그리워 잠 못 드는 한 마리 새
허옇게 얼어붙은 뱃속을 걸어보는데
찬 가랑잎 바람에 떨리던 몸
눈뜨는 푸르름에 젖어
환한 깃 세우며
뜨거운 숨으로 어둠 속 원기를 핥는다
긴 세월
황홀한 세상맛에 절어
무뎌진 입맛
가마솥에 푹 끓인 시래기 한 오라기
아찔한 구수함에
앞 뒤 없는 부리 끝없이 추락하는데
서러움의 무서리 고달픔의 진서리
외로움의 된서리 순리대로 껴안으며
마를 대로 마르고 질길 대로 질겨진 몸

깊고 넓게 풀어지면서
새 가슴의 세상 향한 무언의 원의도 함께 끓어오른다

보글보글
한 겨울 산마을을 덥히는
초록의 당신은…

지천명의 고개

그대여
그곳에서 평안하신가

살아온 날들의 알곡
등짝에 짊어진 채
아직도 허기에 시달리는지

굽이굽이 돌고 돌아
숨 가쁘게 오른 길
눈물 꽃 씨방이 여물고
땀방울 농익어 탐스러운데

아직도
탐욕의 배낭 짊어지고 있다면
누굴 위한 것이며
해야 할 일 남았다면
누가 누릴 유산인지 알아봐야 하지 않겠는가

그대여
오는 길에 만나보았는가
지천명의 고갯길
하늘 뜻 일러주려
바람이 보낸 초라한 선지자를…

첫 친정 가는 길

가로질러 반나절
비잉 둘러 한나절
울 어머니 강 건너 친정 가는 길
퉁퉁 불은 젖가슴
정월 차디찬 강물에 경기(驚氣)를 해도
첨벙 첨벙 첨벙
코 박고 울 살 냄새에 이끌려
올라선 불사른 강둑
감각 없는 시커먼 버선발
등짝에 달라붙은
기특한 핏덩이의 인내에
어찌 굴러 갔는지
낯익은 흙 담장 끼고 돌 때
살얼음 낀 눈물 겨울비처럼 녹아내렸다지요

메조소프라노

높거나
아주 낮은
확실한 소리에만
뒤돌아보는 세상

살면서 익숙해진
권위와 교만의 높은 소리
멸시와 비굴의 낮은 소리
희비가 교차되는 소리들

이젠
내가 죽어, 남이 사는
생명의 소리 찾아서
난청으로 무딘 귀 수술하고 싶다

목젖 당기도록
고개 쳐들지 않아도
목젖 눌리도록
머리 숙이지 않아도
자유롭게 노래할 수 있는 삶

높지도 낮지도 않은
신이 주신 나만의 음역
매혹적인 중용의 메조소프라노
불협화음 혼돈을 잠재우며
평화의 언덕에서 노래 부른다

깽깽이 일화

올 겨울
삼수 끝에 합격한 윗집 음악도
주야로 불타는 기량
못 말리는 연주의 혼
온 아파트 베란다를 건너다닌다

애앵 애앵 아앙 아앙
장맛비에 칩거하던 매미
반주 음에 덩달아 마음껏 목청 돋운다
찌르 찌르 매롱 매롱

한 계절 인내하던
아랫집 양반
열대야 견디다 못해
더위 먹은 인터폰에
불편한 심기 토해버렸다

"그 깽깽이 소리
이웃에 소음이요 안면방해란 말이요
사람 잠 좀 잡시다"

“뭐요 고상한 국악기 해금을 깽깽이라 하셨소”

사건이 심상찮음 눈치 챈
아랫집 글쟁이 마누라
잰걸음으로 뛰어올라
조신한 몸짓으로 모아 뱉는 숨 가쁜 한마디

“저기요 아저씨, 깽깽이는 해금의 순 우리말이에요”

자줏빛 사랑

가을바람에 마른 심장
허기진 핏줄을 채우려
나도 모르게 움켜쥔 포도 한 송이

가슴 울컥거림 진동에
싱크대 아래로 툭 떨어진 한 알
발에 밟히며 비명을 지른다

보듬어 살리는 기쁨으로
아프게 터지는 유혈의 웃음
이사야의 당신 목소리로 들려옵니다

―넌
내 눈에 넣어도 아프지 않을
나의 귀염둥이 내 사랑이다

변함없이 샘솟는 자줏빛 사랑
흥건히 젖는 감사의 전율
그 사랑에 안기어 홀연히 일어납니다

해녀

내 친구 해순이는
호이 호이 호이익
남녘 바다
숨비소리 먹고 자랐습니다

망사리에 가득 담긴 싱싱한 기쁨
전복, 소라, 멍게, 성게
삶의 코피 막는 진통제인 줄
무거운 납덩이 허리띠 두르던
열아홉 봄날부터 알았습니다

운명처럼 달라붙어
벗겨지지 않은 검은 옷
숨 조이는 긴 자맥질 묘기
유일한 유산인 줄 알고 살았는데
물길은 그리 길지 않았습니다

해녀들의 젖은 가슴 말리는
초록빛 바다에 서면
소금기에 절여진 내 친구 해순이
세월의 물살 가르는 소리
호이 호이 호이익 들려옵니다

십자가

인생 길
내 몫의 십자가
무겁게 느껴질 때
불만의 저울에 올려놓고
무게를 달아봅니다

물질의 여유와 칭찬의 달콤함
덧칠로 빛이 날 때는
복을 상징하는 장식처럼
목에 걸고 다녔지만

인내와 희생
좁은 길 걸을 때는
나태의 골짜기로
달아나 버렸습니다

서울의 하늘
크고 작은 십자가
어둠 속에서 침묵으로 바라볼 때
어디선가 들려오는 세미한 음성

"희생이 없는 영광
고난이 없는 상급은 없느니라"
깨달음의 보속을 드리며
십자가 짊어질 새 힘을 얻습니다

가지치기

봄바람 속
아파트 정원의 한 그루 나무
허공의 가위질로
여름나기 이발을 시켜버렸다

허연 속살 드러낸 가지의 아픔이
애처롭게 매달렸더니
매미의 구애 속
연둣빛 사랑이 익어가는 행복의 잎이 무성하다

피 흘린 가지
초록빛 새살 돋아
작열하는 태양 볕 맞받아 쏘는
은밀한 진리를 깨우치며

신앙의 가위 들고
제멋대로 뻗어버린 욕망을 치니
출혈이 멈추고 새살이 돋을 때
경건한 수녀를 닮은 내 모습을 만난다

2
행복

행복은
오늘 이 저녁
세상사 밑두리콧두리
필요치 않은
소박한 만찬 상에 올려진
또 하나
맛깔스런 메뉴입니다

 • • • • • • 나의 사랑 하늘입니다

염원

타버려 재가 되면
끝일 텐데
나날이 사그라지는 목숨줄 길이

현실의 공간 넘어
존재할지 모를 신비의 차원
거룩한 세계를 꿈꾸며

살아서 꼭 한 번
부나비 사랑의 부활로
진실로 진실로 아름답다 가슴 적시는
세상에 서 있고 싶다

아직은 하늘 아래
손 잡아줄 그대
내 곁에 있으니 행복하다

갈색 별리

하루라도 좋을
당신의 꿈으로 영글어
모작별처럼 행복했습니다
떠나서 살지 못할
천형의 고통
대지에 흙 피를 토하며
빛바랜 미련을 배웅합니다
망각의 서슬로 숨죽인
골수의 통곡이
저민 생가슴 포를 뜨는데
아파도 앓을 수 없는
몸 사린 추억의 몸부림
한 움큼 삼켜버린 까물친 꿈
현연한 눈물이
설운 강 볼을 타고 돌아섭니다
모지라진 마음에
금이 간 하늘
당신의 별꽃으로
영원한 그 품 속 흐르고 싶어

가을 사랑

윤칠월 열닷새
갈바람에 씻긴
까칠한 보름달
외로움의 빈혈
온밤, 하얗게 쏟아놓습니다

폭염에 숨죽이던
독 오른 풀벌레
달빛 타고 올라
그리움의 수혈 시작합니다

이제 서러움도 두려움도 없습니다
죽어도 좋을 행복한 심정으로
건네는 마지막 인사 외면할 수 없어
그대 창백한 심장
내 뜨거운 실핏줄 칭칭 걸어놓습니다

달 시린
동녘 여명
내 피 타들어갑니다
그대 심장 뛰는 곳에서

7월 토마토

폭염에 목 쉰 리어카
한가득 싣고 온 자연의 산물
지친 눈빛으로 팔고 있었다

푸른 꼭지에 탐스런 붉은 빛
느긋한 농부의 인내가 함께 묻어
이곳까지 왔을까

제때에 익어
깊은 단내를 뿜는 요염한 몸매
7월 토마토

미리 따다 익힌
설익은 풋내기 인생
흘깃 눈길 보내며

시든 꼭지에 조급히 익어간
흐릿한 일상이 부끄러워
진한 세포 속 알갱이 깨물어본다

지친 쓴 가슴에 단물 주는
숙성된 붉은 새 인생을 위해…

마음속 숲 이야기

늦가을
허무로 물든 숲속
낙엽이 바람에 날리듯
안개가 자욱하게 나를 덮었네

의욕이 꿈틀대던 나뭇가지
태풍에 맥없이 교만이 꺾이고
자존심 푸르던 잎새
겉치레 우박에 숭숭 구멍이 뚫렸다

향락에 목말라
붉게 타 버린 삶
작은 바람 일렁임에
배반의 몸살을 앓으며 신음하고 있는데

내 인생의 숲속
탐욕의 새 한 마리 날아간 자리
겸손의 서리 내리고
아름다운 눈꽃 이제 축복으로 덮겠네

옛 사진첩을 정리하며

봄비 촉촉이 내리는 밤
살아온 날만큼
푸석하고 건조한 과거를 꺼내 놓고
곰팡이 핀 흔적 지우고 있다

반들반들하던 인화지 생명을 다한 듯
어두컴컴한 흑백 이야기
한 장 한 장 담긴 못다 한 사연
꺼내 달라 애원하다 지쳐가고 있다

긴 듯했던 인생 여정
한순간
영사기로 돌려버린 듯
덧없는 꿈처럼 짧은 것인가

사진 속에서 들려오는 인기척
파열된 고막으로 들을 수 없은들 어떠하리
봄비에 씻은 추억의 이빨로
뽀얀 살결 살며시 깨물어 본다

낮달의 사랑

부릅뜬
태양의 눈빛
포동포동한 살 쏘옥 빠져

가야 할 곳으로
가지 못해
울먹이는 핼쑥한 낮달의 사랑

바람도 모르게
반나절 바삐 걸어야
구름 언덕 너머 초저녁별에 닿아

외로운 정념의 볼
유한한 눈물 흘리며
못다 한 희열의 가슴 안기어나 볼 텐데

그 심정, 아는지 모르는지
길목 지키는 태양
질투의 열기만 뿜어내고 있습니다

빙어의 봄

그 옛날
강과 바다 아우르며
하늘 빛 꿈을 닮아
행복하던 너

한순간
묵시와 방관의 호수에 갇혀
푸른 몸 하얗게
야위어가면서

한겨울
체념의 굴레 벗어던지고
생존의 희열
은빛 날개 요정 되어
혼신의 춤으로 불사르는데

아, 어느새
눈부신 은반의 조명
가슴을 조여와
이제는 절망의 눈빛에 절어
운명의 호수바닥에 돌아눕는가

귀향의 꿈 아스라이 멀어져만 가는데

일탈의 쾌감

하이에나 포효처럼
먹이 찾아 질주하던
도심을 떠나
출가하는 비구니처럼 길을 걷는다

조각구름 걸쳐 있는
산 정상 암자까지
끈질기게 따라붙는
삶의 족적 속세의 미련

자유의 하늘을 날고 싶어
탐욕의 물기를 털어내는
인간 비둘기의 몸부림
날갯짓이 애처롭다

산사의 목어 밑 번뇌를 묻고
해탈의 북을 치니
두둥실 하늘을 날아
세상 다 내 것이 되었다

춘몽

꽃 마음 포식한
노자근한 봄바람
향기로운 사랑
선심 쓰듯 건넨다

반길 수도 없지만
내치기도 싫은 맘
싱숭생숭 한나절
꽃봉오리 부풀어 들뜬 맘

감출수록 터지고
아플수록 살찌는
그리움과 기다림
꽃 사랑 일생은
아지랑이 끝인가

꽃구름 취해서
춘몽으로 얇아진
흔들리는 날
홀로 행복에 젖는다

봄처녀

온 겨울
한 알 한 알
묵주에 소망 걸고
눈꽃으로 지낸 당신

하마터면 잊을 뻔했어요
선혈로 물들인
옥색 저고리
풀잎으로 눕던 모습

명재경각
구급차에 흔들려도
속곳 바람 부실함에
영락없는 분홍 빰 소녀였어요

그때 이미 알았지요
살랑바람 불어오면
노랑나비 친구 따라
묵은 꿈 움트는 푸른 풀밭에
봄 처녀 *순이로 나서실 줄을

* 순이: 겨우 내내 잘 투병하신 시어머님 성함

병실 노부부

머루 빛 하늘 훑고 온
세월의 바람
마른 풀잎처럼 누운 두 가슴에
추억을 살며시 풀어 놓았다

하얀 스크린 침묵의 공간
알코올에 절은 주름 골에서
연지곤지 분 바른
새색시의 수줍음 피어오르고

인고의 세월
청춘의 숲을 덮은 백발도 무색하게
새신랑의 빛나는 사모(紗帽)가
고통의 신음소리 잠재우고 있는데

허공의 링거액
사랑이 농축된 녹턴의 선율로
황혼의 연리지 가슴에
숨 가쁜 호흡을 훅훅 흘리고 있다

갈 길이 멀지 않아
마지막 사랑을 확인하며
투병의 침대에 나란히 누웠는가
하늘 가는 길, 부디 손잡고 가소서

개펄의 아낙

봄바람 깔고 앉아
삶과 죽음의 현장
숨소리를 쫓고 있는
아낙의 빠른 손놀림을 지켜보고 있다

노련한 솜씨
양동이에 던져지는 조개들
속삭이던 밀어가 비명으로 변할 때
해풍처럼 스쳐가는 깨달음

아부로 교차하고
교만으로 굳어버린 개펄
내 가슴속에
존재하고 있기 때문이다

훌훌 벗어던지고
겸손의 맨발로 뛰어들면
행복 조개를 캘 수 있다는 것
개펄의 아낙이 물빛처럼 가르치고 있다

山寺의 봄밤

달그림자 사랑에
속살을 들켜 버린
번뇌의 분홍
살구꽃 가슴

요사채 댓돌 위
가지런한 합장의 신발 속
풀지 못해 애끓는
화두로 몸을 숨긴다

별빛
생명으로 녹아든 법당
밤새 돌아서 핀 꽃과 나무
단내 나는 심장
어디서 왔는지

돌아간 영혼을 만나러
山寺의 향기론 봄 하늘
온밤 걸어 밟는다
풍경이 전하는
전설을 들으며

행복

식솔들의 깔깔 웃음
하얀 굴뚝 연기로 자지러지는
하루해
안식을 채비하는 어슬녘

다랑이 논둑길로
종종걸음 치는 농군의 미소
초록숲이 달려와
정겹게 화답하고

풀 향이 스며있는
푸른 먹거리
정성스레 다듬는 아낙의 손끝
푸짐한 저녁상 위
만족의 열매가 달콤하다

행복은
오늘 이 저녁
세상사 밑두리콧두리 필요치 않은
소박한 만찬 상에 올려진
또 하나 맛깔스런 메뉴입니다

3
나의 사랑 하늘입니다

언제부터인가
하늘을 사랑합니다
별빛, 달빛 타고
긴 꼬리 유성으로
내 가슴 통과하는 당신
너무 좋아
어쩔 줄 모릅니다

 ・ ・ ・ ・ ・ 나의 사랑 하늘입니다

어느 여인의 공주병

인생의 고갯길
안개꽃 손에 쥐고
추억 속을 걷고 있는 여인
오랜 세월 앓고 있는 불치병 있다

한 남자 가슴속
인연의 항아리 사랑으로 묻어 놓고
수십 년 삭히고 삭혔기에
고운 빛깔, 향기롭기 그지없다

일편단심
공주만을 사랑했던 한 남자
저 하늘, 반짝이는 별이 되었으나
그 품에 잠들다 새벽이슬 밟으며 몰래 승천하는지

울 엄마
가슴속 귀를 기울이면
찰랑찰랑 행복의 물소리 들리고
세월 잊은 공주병 점점 깊어만 간다

고독

서리 빛 물든
시월 하현달
연민의 손길이

신열로 타버린 맘
문고리를 감싸 쥐고
흔드는 새벽

시린 내 머리맡
침묵의 나체로 지키는
고개 숙인 사나이

사랑 때문에 육화한
가혹한 인성
함께 울고 웃던 그 품속

잠 못 들고 아려
엉킨 찬 가슴
갈색 들풀로 풀어 뉘고 싶다

끝없는
가을 심연에 빠져
깨어나지 못해도

무한한 신성의 그 품속
영원히 살
내 본향일지니

아, 참 맑고 곱다
견딜만한 이 계절의 선물
싸한 새벽, 하얀 영혼의 외로움

아버지 1

댓잎의 자장가로
꿈 자라던 일곱 살 소년
아버지 여의던
달 시린 한겨울
동화 속 걸어 나와
북쪽 하늘 향해 가는
갈매기 식솔 따라
허허로운 만주벌판 날아갔습니다

살기 위해 내려앉은
발 시린 검은 땅
맨몸으로 뒹굴다
얼어버린 퍼런 눈물
행주치마 위안의 거름으로
한 해 두 해 뽀얗게
속 야물어져 갔습니다

노여웠던 조국
환하게 웃던 날
어미와 누이의 소망
봇짐에 눌러 지고

열세 살 몸보다 부풀어진
덩치 큰 야망 안고
서걱서걱 노래하는
댓잎의 꿈 따라
남쪽으로 향하는
갈매기 여린 등에
설움의 안장 얹고 올라탔습니다

그 소년
지금은 하늘나라
영일만 대밭지기 직분에
행복해하고 있을
도(道)자 식(植)자 쓰시며
대쪽같던
내 아버지 죽심(竹心)입니다

아버지 2

얼마나 아프면
눈에 넣어 아프지 않을 딸
가슴 뚫리도록
이놈, 이놈 하다 가셨을까
열꽃 잠재우려
밤새 하얘진 내 머릿속
애끓는 아버지 다녀가셨네

4H 토끼풀 모자에 흰 면장갑 어울리던
살아있던 인간 상록수
삼천리 자전거에
내 동화 속 파란 꿈 실어 날랐건만
칼날 같은 대나무 숲속
꽃상여 지나갈 때
하늘나라 노후 꾸밀
보은의 기도, 꽃씨 한 톨 올려놓지 못했음이
가슴이 아픕니다

무등 태워 힘겹던 질펀한 땀 냄새
아픈 살 부비면 씻은 듯 나을 것 같아
바람 숭숭 차디찬 벽 눈물로 파헤치네

나풀나풀 나비처럼 춤추던 종이꽃에 고통 감추고
윤슬이 반짝이는 먼 강둑길 걸어
지친 나를 위해
이 밤 당신이 오고 있네요

가슴에 묻은 새 (설 위령미사를 드리며)

청상에 꺾인 날개
바람의 치유에 맡겨둔 채
온몸으로 퍼덕이며
기도의 깃털을 자아낸 영혼

동짓달 초엿새
눈물 자국 선연한 달빛 속으로
하얀 나비 손짓 따라
홀연히 날아오르네

남겨진 육신
화구에 소리 없이 녹아내릴 때
굳은 불효의 살이 타고
쓰린 통회의 뼈 무너졌나이다

한의 분쇄기에 으스러진 뼈
안고 돌아서는 제 가슴 속
또 한 번 통곡으로 풀풀 날리고
우두둑 부서지며 솟구치는 봉헌의 뼈

아, 그리운 어머니…

봄과 여름 사이

사랑하는 사람이
침묵으로 낯설어
눈물나는 날
열꽃 돋은 외로움
회복의 기미 없어
아지랑이 약초처럼 피어나는
아늑한 철길로 달려갑니다
재첩 눈물
뚝뚝 떨어지는
까만 고무줄 치마
위안의 베일로
머리에 이고 앉아
치유의 기차가 오기만 기다립니다
달궈진 철로에
엉덩이 여린 살
견딜 수 없을 때쯤
반짝 켜진 형광등 불빛에
강바닥을 누비던 뜨거운 마음
봄과 여름 사이
짓궂은 권태의 고삘로 싸늘히 식으며
찬 욕조 배수구속
회오리바람으로 돌아 울며 사라집니다

또 다른 마리아

성모의 은총 입은
믿음의 여인 또 다른 마리아여
당신의 며느리로 인연 맺은 지
어언 30년 세월입니다

유복자 위한 사랑의 촛불
청춘을 찢은 희생으로 밝히고
문풍지 우는 밤 기도하며 떨었으니
이제 고단함 내려놓고
편히 쉬어야 할 시간 다가옵니다

잎은 마르고 가지는 뒤틀려
견딤이 힘들어도
시집가는 새 각시처럼 곱게 머리 빗겨
흩어진 당신 이름 석 자 단정히 챙깁니다

별똥별 하나 창가에 떨어지고
핏기 마른 손 묵주를 놓아도
마리아여 슬퍼 마소서
당신은 참으로 복 있는 여인입니다

천상의 성모
거룩한 화관 들고
영접의 준비하고 계시는…

나의 사랑 하늘입니다

언제부터인가 하늘을 사랑합니다
별빛, 달빛 타고
긴 꼬리 유성으로 내 가슴 통과하는 당신
너무 좋아 어쩔 줄 모릅니다

멀고도 가깝게 느껴지는 그곳에
당신이 계신다기에
꿈길 까치발, 손 높이 흔들어도 닿을 수 없어
안타까워 눈물만 흐릅니다

두둥실 구름으로
당신 곁 떠돌 수 있다면
미세한 티끌로 분해 되어
사라져도 좋겠습니다

언제부터인가 하늘을 사랑합니다
두 손 모으고 목 놓아 부르면
나 여기 있노라 응답하시는
나의 사랑 당신이 있기 때문입니다

구룡포 과메기

해풍에 결핵을 앓아
꼬득꼬득 말라가는 널
어부는 철저하게 외면하였겠지

푸른 유영 그리워 몸부림치다
싸늘하게 식어간 너의 시신 앞에
저 갈매기 슬피 날며 곡이나 하여 주었을까

핏빛, 네 아린 속살에
위안의 미역 이파리
부드러운 수의로 덮는다

씹을수록 고소하고 알싸한
취한 듯 아득하고 묘한 맛,
어젯밤 불면으로 씌어진 내 시가 너였으면 좋겠다

바래요

어딜 가냐고
무얼 하냐고
오늘 한번 물어주면 안 될까요

어디 아프냐고
무슨 일 있냐고
실례라도 좋으니 물어주면 안 될까요

그대 지나는 곳마다
굶주린 관심의 씨앗
광란의 달빛처럼 뿌려져

음지의 누추함과 환멸
용기의 싹들이 춤추며
열기의 한판 굿 일상을 비워내고

고된 삶 틈바구니
꿈꾸는 환상의 봄 나비와
눈뜨는 정분으로 굳은 몸 다시 날아

이 봄날의 추운 생
돌아올 환희를 기다리며
목숨 건 카니발의 무희처럼
혼신의 열정으로 견뎌주길 바래요

사랑꽃 아픔

세상에 다시없을
무형의 형고
감당치 못한 애처로운 한계

퍼덕이던 실핏줄 목을 졸라
가녀린 사랑꽃
꽃비로 하혈을 합니다

살고 싶어
버둥대던 피 알갱이
비명 없이 터지는 절박한 절규

사월의 알록달록 부러운 허공에
기다림의 긴 인내
또박또박 새겨두고 싶어

운명의 피 강으로 흐르며
충혈된 눈빛으로 외치는 붉은 사연
사랑꽃 아픔이 남기는 흔적

세상에 다시없을
목숨과 바꿀 목숨, 영원히 사랑합니다
한 방울 하늘 레테의 강을 건너는 핏방울의 소리

다짐

어제의 고달픔 내려놓고
내일의 희망 실은
삶의 바퀴
오늘 보란 듯 내 가슴 밟고 지납니다

인생의 하늘 궂은 화살 비
숨 막히듯 내리 꽂혀도
평등의 우산 들고
안개 짙은 종착역 빈손으로 내릴 것인데

덜컹 덜컹 삐걱 삐걱
또 한 해의 삶의 여정
기댈 어깨 내어 주고
목숨처럼 아끼고 사랑하며 달리고 싶습니다

천상의 나팔소리 축복으로 울려 퍼지는 날
승리의 새처럼 날아올라
영생의 보금자리 우아하게 앉아보리라
스스로 다짐합니다

당신을 만나러 갑니다 지금

꽃솜의 부풀어진 명상으로
설레어진 마음 문 걸어 잠그고
시기와 질투의 어둔 바람
도둑같이 들어오지 못하게
감사와 침묵의 커튼을 단단히 내립니다

하얀 밤 가슴 가득 차오르는
밀물과 썰물의 애끓는 소용돌이에
고뇌의 선악과를 실은 돛단배 하나
용서와 환희로 헤엄칠 푸른 꽃등을 밝힙니다

사랑은 낳을 때보다
품을 때가 더 행복한 것을
산처럼 높고 깊게 가르쳐주신 당신께
당당하게 보여드릴
흰 구름 수놓인 청자색 아마포 저고리
이제 러시안 룰렛으로 입습니다

당신을 모시기에
합당한 내 마음 자리
이슬로 곱게 닦을 기도의 맑은 수건
기쁨의 두 손에 받쳐 들고
당신을 만나러 갑니다 지금

삶은 그리움의 야적장

묻을 곳 마땅찮은
상념의 스티로폼
언 하늘 하얗게
현실의 하늘을 날고

소화불량
끈적이는 삶의 배설물
악취와 향기를 번갈아 토해내며
추억의 땅 과거로 눕는다

어떤 호사로도 덮을 수 없고
어떤 명약으로 분해할 수 없어
빠져나가는 설사처럼
방치해버린 비밀의 성

삶은
썩지 않는 지난 세월
한가슴 속
차곡차곡 쌓여가는
그리움의 야적장인가

맏언니

언덕 위 무심히 불어오는 저 바람
큰 나무
가지를 부러뜨릴 때
내 가슴은 참으로 아팠다

인연의 동산
맑은 물 흐르는 곳
삶의 뿌리를 뻗고
기나긴 세월 부둥켜안고 살아 왔는데

바람 불어 잎이 줄고
비에 젖어 콜록거리는 기침 소리
애처롭게 들려올 때
나는 그 고통까지 대신하고 싶었다

비바람 막아주던 큰 나무의 사랑
흘러가는 강물처럼 잊을 수 없어
마른 침묵 삼키며
은총의 묵주 알 눈물로 돌린다

미사해설 전 드리는 기도

주님
감기 앓아 상한 목소리입니다

둔탁하든지
꾀꼬리처럼 울려 퍼지든지
아름답게 들리게 하시어

무거운 마음
지친 눈빛
기도하는 이들에게
위로와 평안이 되게 하소서

당신이 제게 주신 것
당신의 것이오니
미사에 참례한 저들 귓가
복된 음성으로 들리게 하소서

부활의 꽃을 보며

피는 소리
피는 모습
요란치 않아
세상에 없는 줄
잊고 있었나봅니다

아무도 모르게
대신 앓는 신음으로
음지에 싹을 틔워
절제와 희생 담아
물을 주고 있었나봅니다

사랑하지 않아서
메마름이 피는 꽃밭
교묘히 키 자란
냉정한 꽃에 가려
상처로 시든 꽃잎

하늘에 희망 걸고
애덕의 눈빛으로 살피는
없는 듯 있는 숨결

의인의 손길 닿아
부활의 꽃으로
함께 피고 있었나봅니다

고해소 앞에서

참회의 촛불
흐느끼듯 일렁이고
그레고리안 음률에
거짓의 어둔 맘 녹아드는 밤

탐욕의 손 모으고
고뇌의 늪 벗어나려고
발가벗은 영혼이
성찰의 바람에 바르르 떨고 서 있다

누추한 마음속 구유
교묘한 궤변과 욕심의 앙금을 태우고
깨달은 봉헌의 삶
천상의 예물로 누일 곳 마련하는데

고해소 창밖은
침묵의 상한 영혼
트리의 불빛으로 얼어붙는
염치없는 영하의 거리

4

마음
가난한 날의
기도

내가 받아야 할
양식 있다면
어려운 이웃에게 주시고
내가 누려야 할
축복 있다면
병든 이들에게
나누어 주옵소서

 ······ 나의 사랑 하늘입니다

고해의 넝쿨 속

참으로 오묘한 시간
스스로 빚은 공간
양심의 맨발로 줄타기 곡예를 한다

헤어나려 안간힘 할수록
희열과 고뇌의 줄이
마른 목을 휘휘 감아 조이는

밤새 끝나지 않을
방향을 찾을 수 없는 미로
아득한 이 시간 이 공간은

당신 신비의 순간을 잡고
자비의 하늘을 날고픈
자유의 곡예사 상념 줄에 엮인 고해의 넝쿨 속

성체 조배하는 밤

삶의 굽이굽이
지켜주신 사랑
무언의 감사로
깊이 바라보는 영혼의 떨림

온갖 상흔이
치유의 촛불 아래 잦아들고
셀 수 없는 우주의 별빛만큼
모두어 드리고픈 보은의 마음

아시겠지요
홀로 세상을 잊어
어둔 밤 깊은 뜻에 빠지며
모래알로 부서지는 설레임

환희의 눈빛으로 깨어나고
다시 사는 열린 귀로 듣습니다
세상에 녹아 더 이상 아프지 말라는
당신이 주시는 가없는 사랑의 음성

비상(飛上)

황사가 지난 하늘로
초록 비가 내린다
그 비에 씻겨도
갈 곳을 모르고 매달린
이승의 묵은 이파리
미련이 떨구는 갈색 부스러기
쪼아대는 회색 비둘기

내어 준 빗길로
줄장미 정열 목에 두르고
하얀 찔레꽃 아프게 밟아
처참히 붉어진 두 발
한평생 뒤뚱걸음이다
이제 그만 날아올라
세상 것 뛰어넘은 지상의 감동으로
목 타는 하늘 한없이 푹푹 적시고 싶다
저 내리는 초록 비처럼…

어느 가을날의 기도

뾰족한 언어의 가시가
쿡 찌르고 간다
무례한 발길이 멍을 남긴 채
외면의 눈을 감고 잘도 간다

멸시의 눈빛에 긁혀
가슴속 피가 흐르고
배신의 앙갚음에
단단한 살이 찢겨 너덜거린다

오롯이
성전 문 밀치고 고개 숙이니
일년 동안 모든 것 내어주고
침묵으로 웃고 있는
가을 들녘이 떠오른다

스텔라,
오늘은 추수가 끝난 들녘이 된다
황량한 벌판 기쁨의 새가 날아다닐 때
천상에서 뚝 떨어진 위로의 낙엽 한 장 줍는다
가냘픈 기도의 손으로…

갈등

모퉁이의 더운 삶
예고 없는 머릿속 폭염에
민망한 찬 가슴
막다른 골목 매암돌이로 서글프다
한 몸의 지체로
헉헉대는 시늉이라도 해야 할 텐데
알 수 없는 오기의 빙벽으로 추락
새파랗게 달라붙어 사투의 미끄럼을 탄다

살아서 못 나갈
순교의 냉동고에 운명으로 갇혔을까
하늘 저 멀리 말없는
황금빛 석양의 미소에
용기의 응답으로 속속들이 녹고 싶은
8월 불볕의 현실 속
얼어붙은 치열한 갈등
고통을 넘어 행복의 시작
높은 곳을 날아오를
영혼의 날개를 자라게 하는
애잦는 눈물 꽃 꿈틀대는 꿈으로의 승화

비아 돌로로사(십자가의 길)

한생을
기도의 무릎걸음으로
당신의 비아 돌로로사
묵묵히 걸으신 인내

멸시의 돌부리에
푸른 멍 들고
가난의 흙바람에
두 눈 멀어도

오로지 하늘로 가는 길
이 땅에서 걸어야 함을
가녀린 육체의 언어로
토해 내신 어머니

한 줌의 재로
가벼이 날아오른 하늘 길에
당신이 아끼던 유품 세 점
길동무로 놓아드립니다

한으로 치솟던 분노의 머리
누르고 누른 겸손의 하얀 미사보
힘겨운 영혼 위해
소망의 생명줄 놓지 않던
희생의 나무묵주
청상을 구한 고귀한 사랑
온몸으로 걸고 산 십자가 목걸이

이제, 하늘 길 걸으며
세속에 헤매는 살찐 영혼
비움의 삶 깨닫는
이 땅의 길에도 함께 걸어주소서

마음 가난한 날의 기도

오늘 하루만큼은
자신을 위하여 구하지 않겠습니다
가족을 위하여 기도하지 않겠습니다

사욕을 좇는 기도만 해왔기에
오늘 아침 태양을 바라볼 때
심히도 부끄러워 눈을 감았습니다

내가 받아야 할 양식 있다면
어려운 이웃에게 주시고
내가 누려야 할 축복 있다면
병든 이들에게 나누어 주옵소서

성모님
나의 진실한 기도를 들어주소서

눈꽃 세상

무질서의 세계
혼탁한 세상
발가벗은 가지에
고혹적인 자태로 피어
카오스의 어둠을 지배하고
호령하는 순백의 카리스마

고백

제 혼절을 깨우려
당신 옆구리 붉은 피
좌절의 머리에 쏟아 붓던 날
아십니까
온몸으로 토하지 않으면
죽을 것만 같던 심연의 반란

검은 봄 하늘
천근의 무게로 짓눌리어
숨통 끊어질 여린 뿌리의 아픔
뽀얀 달의 속살
당신의 몸인 양 미친 듯 삼키며
수줍은 목련 향으로 고개 쳐드는 고백

상처 난 두 발에 발라드릴
사랑의 향유는 없어도
아시겠지요
사흘 밤낮 씻어 내리는 참회의 눈물
당신 발아래 감사로 뿌리고
처절히 주검으로 누울 목련꽃 목숨이어도 좋을…

젖은 낙엽

매정한 보도에 누워
이유 없이 짓밟히며
찬비의 모진 매 견디어내는 넌
인생의 겨울로 가고 있는
묵나물 같은 나와 닮아 있구나

얼룩덜룩 입은 상처
이 아픈 계절 지나면
넌
화사한 봄 하늘
빛나는 생명으로 거듭날 푸른 힘 지녔는데

축축한 세상에
묵묵히 젖고 있는
난
무엇으로 다시
저 광란의 바람 속 걸어갈 수 있을까

2007, 나의 부활

피 흘리는 당신
보면서도
멈추지 못하는
이 부끄러운 삶의 관성
어둔 길 헤맬세라
찢긴 손 고통으로
내 앞에 세워둔 삶의 이정표
저만치 밀치며
눈감고 미끄러집니다

가는 길
탈도 많고 이유도 많아
어디를 향하는지
보이지 않던 귀향의 방향
은총의 사십일
광야의 체험 속
질척이던 상흔
싸매지는 사랑에 눈뜨며

피 흘리는 당신
확신의 손으로 부축이고
희미한 악의 덤불 헤치며
선한 영의 등불 들고 일어나
시작과 마침 없는
영원 속 밝은 길로 다시 걷는
새 생명 햇살 아래 봄 동산의 꽃이 됩니다

산철쭉

하늘하늘 하늘 향한
도도한 붉은 열정
네 속을 닮으라고

어얼쑤
바위 혼 추임새로
점점이 박힌 상흔
내 가슴속 광대로 논다

흥 돋우는
바람 장단 없어도
한 알 한 알 터지는
아픈 춤사위

봐주는 이 없어도
명주고름 웃음으로 치장하고
거친 세상 거침없이
올곧게 노래하는

자유에 젖은 영혼
봄 산 화신으로
희망을 흩날리며
환희의 창공 차고 오른다

어느 사제에게

처음엔
살고 싶어
하혈하던 여인의
간절한 믿음으로
당신의 옷자락을 잡았지만

이제는
먼발치에서
행복한 마리아로
생명수로 목축이고
당신의 하늘나라 찬미합니다

삶의 가시밭길
당신 홀로 비척일 때
막달레나 피눈물 젖은 사랑
봉헌의 제단 뒤로
강물처럼 흐릅니다

사제여
영원히 사는 십자가의 길
어머니 곁으로
번데기처럼 웅크린 영혼들
인도하소서

성모 마리아

언제 웃고
언제 아픈지
찬란한 하늘 빛 묻어나는
눈부신 여인

가난으로 뒹굴고
질병에 날리는 낙엽들
사랑으로 품고
기도하는 여인

가슴 속 평화의 강 흐르고
입가에 순백의 미소
삶에 지친 사람들
목축이며 쉬어가네

고요히 눈 감으면
들려오는 당신의 기도소리
목마른 혀 천장에 붙는 그리움으로 불러봅니다
아, 어머니…

발신, 수취인 동일

성모송 수없이 드려도
불면에 시달리는 밤
독백을 마시고 취하는
남자가 부러울 때가 있다

긴긴밤 하얗게 곰삭은
가슴 속 사연들
백지 위에 토하여 내고
냄새를 맡아본다

탈색의 세월이 깊어갈수록
낭만의 향기가 짙은 여자의 마음
수취인을 찾아도
보낼 곳 없어

어둠으로 농익은
와인 잔에 쓸어 담고
고독의 우표 한 장 붙여 하늘에 띄운다
발신, 수취인 동일…

겨울이 내린 공소

연시, 유화의 붓끝에 터진 듯
주홍색 살가운 하늘
서쪽 흙담장을 넘어와
고혹한 나무 결에 입을 맞추고
정숙히 내려앉는데

세월의 무게가 서러운
핏기 없는 고상이
침묵의 입술로
비장한 언어를 뱉어놓는다

네가 앉은 그 자리
파란 눈의 이방인
사랑하는 내 종이
한겨울 삿갓 쓰고 사선을 넘나들며
내 몸을 나누던 증거의 자리라고

생사의 갈림길에
배교의 십자가
차마 밟지 못하고
구룡산 동굴로 숨어든 영혼

간절하던 내 살과 피 대신
자식이 져다 나른
눈물의 주먹밥 기도로 삼키다
하늘이 부른 날
홀연히 날아올라

아직도 첩첩이 둘러싼
이 추운 겨울 골짜기
굽이굽이 내 사랑 전령으로
맴돌고 있다고

그 날의 숨죽임
꿈꾸듯 회상하는 *신광공소 머리에
은총의 겨울이 축복의 마음 담아
소리 없이 다독다독 내리고 있다

* 공소: 신부가 상주하지 않는 시골 작은 규모의 성당(예배소)
* 신광공소: 천주교 박해 시 형성된 교우촌으로 경북 영천에 있는
   한 공소

여의도의 노숙자

환한 빛 달님의 유혹 따라
바람과 함께 걷는 길
불청객 노숙자가
발걸음을 잡는다

맨몸으로 눕기엔
아직 쌀쌀한 4월의 끝자락
비닐 이불 덮고서
술에 취해 엎어져 있다

어느 집
귀한 기둥으로 태어나
총총 기운 세월
금쪽같은 사랑받고 자랐을 것인데

냉기가 솟구쳐 뼛속이 아리는
황금 땅에 드러누워
화려한 과거 속을
걸어가고 있는지도 모른다

빌딩 숲을 이룬 곳
이름 없는 노숙자
달빛으로 내려앉는 성모님의 은총
그 앞길 인도해주시기를 기도하며 돌아선다

애가

이 세상 붉은 빛 꽃들아
눈물 노래 들어보라
천지의 하얀 빛 꽃들아
시린 노래 들어보라

생명 주신 고귀한 사랑
보답 못한 불효가
내 가슴 속에서
칼춤을 추고 있고

한 번 가면 못 오는 길
깨닫지 못한 것
천추의 한이 되어
불효의 골짜기 눈물 꽃 피었네

어미가 되어서
어미의 사랑을 알았네
차디찬 뗏장 들치고 들어가
그 품에 한번 안기고 싶어라

5
낮은 자의 노래

심해의 푸르른
정직의 하늘로
썰물에 씻기운
양심의 눈으로
은빛 파도 날갯짓
소망하기를
무욕의 손 모아
기도 올리는
밑바닥의 참 행복
숙명처럼 훔치고픈
낮은 자의 노래이어라

 ····· 나의 사랑 하늘입니다

마리 파울라 수녀님 영명축일에

넘치지도 모자라지도 않은 눈빛
기도의 손으로 가리우는 겸손의 얼굴
다가가 손잡으면
한 송이 꽃으로 웃습니다

아플 때 바라보면
새 힘 지팡이 되고
슬플 때 기대면
절망을 꺾는 희망을 안겨주며
가슴 속으로 조용히 젖어드는 순하고 환한 빛

그 한줄기 거룩한 빛
허허로운 가슴에 순백의 미소 잔잔히 스며들고
붉은 욕심, 정욕을 태우는
검은색 청빈과 정결의 옷자락은
순수하고 화려한 하늘빛 치장입니다

하늘의 파울라 성녀여
장미꽃보다 붉고
함박꽃보다 흰
이 여리고 참한 영혼의 고결한 삶을 지켜주소서

알로이시오 사제 서품 기념일에

알 수 없는 당신
어디를 향해
무얼 바라고 서 계십니까

감미로운 바람
아무리 정답게 속삭인들
두 팔로 안으실 수 있습니까

하늘의 별이
아무리 아름답게 반짝인들
다 헤아릴 수 있습니까

알 수 없는 당신
종지그릇 안았으면
항상 흘러넘치지 않습니까

신비의 질항아리
다 채우지 못한 목마름
항상 발등이 터지도록 헐떡이지 않습니까

당신은 진정 누구십니까
하늘로 퍼 올리는 두레박
누가 운명의 손에 쥐어주었습니까

채우고 또 채우려다
빗나가는 물 때문에
울지 않아도 되지 않습니까

죽어도 배반할 용기 없으셨겠죠
영원히 기다리고 있을
천상의 짝사랑 당신의 연인을

재의 수요일

이마에 재를 얹고
돌아갈 제집을 그립니다
머리는 당신께로
가슴은 제멋대로 살아온 인생
평생 제게 맞는 고운 옷
넘치도록 먹여주신 일용할 양식
그 사랑의 의미를 생각합니다
뒤늦은 후회 깨달은 영혼
분향 속에 온갖 상념 날리는 날
당신을 먹고 마시며 온몸으로 느껴
제대로 걸어야 할
십자가의 길 초입에서
이마에 재를 얹고
돌아갈 제집, 본향을 그립니다

낮은 자의 노래

깊이 모를 삶의 바다
빨리 빨리 풍랑으로
숨 가쁜 노 부러진 후
유혹의 몸짓으로 다가오는데
아니 아니 바닥은 더 아래
더 밑으로

일등주의 욕망의 물갈퀴
살뜰히 매달고 몸부림쳤으니
허무에 모래언덕 주저앉겠지
눈물겹게 머리는 아래로 향하나
내려감의 방향키를 잃어버린 가슴
따라하기 비교하기 불행의 씨앗 품고
눈멀어 표류하는 껍데기 영혼

심해의 푸르른 정직의 하늘로
썰물에 씻기운 양심의 눈으로
은빛 파도 날갯짓 소망하기를
무욕의 손 모아 기도 올리는
밑바닥의 참 행복
숙명처럼 훔치고픈
낮은 자의 노래이어라

정해년 벽두의 안색

병술년 꼬리까지 흘러
어둠이 가리지 못하는
미친 여자 생리혈 같은 사랑
몇 백 년 만에 도래한 황금 돼지
포장된 환상을 붉게 물들이고
복에 굶주려 갈라진
삼백예순다섯 날 몸체에
진실한 참회의 강줄기를 열어
꽃비처럼 뛰놀 새 나날에
다시없을 정상의 사랑으로
철철 흘러넘치기를
어디에다 빌어볼까

뿌연 안개 속
저 멀리서 걸어와
위선의 수염 깎고 고사상에 올라
겸손한 희생으로 누울 사랑
올듯 말듯 슬퍼진
정해년 벽두의 안색
간절한 기도의 핏줄 세우며 빨갛게 떠오른다

2007, 이웃

어디서 온 바람인지
딩동딩동, 불쑥 들어와
팥 시루떡 한 접시 전해준다
이웃, 구수한 마음 고맙게 받았지만
빚진 기분이다
아래층에 묵고 있는 내가 약자인데
다툼 없이 잘 지내길 기도할 뿐이다

사순 첫날의 기도

노오란 빛의 시작
생명의 봄 개나리 등에 업고서
고난의 완성으로 가는 길목에
새로운 각오로 서 있고 싶은 마음

은밀한 철옹성의 문
은혜의 마흔 계단 오르기 위해
고통의 갑옷
푸르고 환하게 손질하는 시기

잠자던 안락의 화살
명리의 유혹에 두 귀 쫑긋 세우고
선함을 외면한 악의 눈 번뜩이며
벌겋게 달려드는 욕망의 가속

제대로 입지 못한 내 눈먼 갑옷 틈
적의 화살 뚫을지라도
마지막 숨을 남겨
용서의 빛으로 웃고 계신 거룩한 님 만날 때까지

당신이 앞서 가신 수난의 십자가 길
부활의 성, 영광의 문에 이를 때까지
나 홀로 눈물 꽃 보담아 비척이며
한줄기 바람 되어 처연히 오르고 또 오르게 하소서

우주의 7월

광기 어린 태양의 눈빛
살 깊은 곳
조여드는 고통
인내의 연둣빛 미소로 응답하는
참하디참한
꽃 여드름의 달

검붉은 이기의 오염에
폭염 속 속앓이 꽃 피우며
물찬 지구 허리에 걸려
침묵의 신음을 토하는
붉은 열정
우주의 7월

섭리의 소낙비에
푹 삭아 치솟는
태초의 흙 내음 속
청정의 바람에
잃었던 모습 찾아
본향으로 가고픈데
날 선 태양의 시선에
파아란 꽃즙만 떨군다

입시(入試)앓이

거친 숲 내달리며
정상을 향해 포효하는
어린 사자의 갈기
비명 속에 드러눕는데

약삭빠른 손놀림
회전하는 머리놀림
환희의 송가 아래
피꽃즙이 흥건하다

엉거주춤
갈 수도 안 갈 수도 없는 길
대열에서 밀려난 막막한 슬픔
삶의 업보인가

붉은 꽃 붉은 대로
푸른 꽃 푸른 대로
흔들리며 피었다 강물 따라 흘러가게
눈먼 바람아 그대로 두어라

소화 데레사

작아짐에
두려움 없이 피어
숨어 웃는 꽃

크게 피어 잘난
그늘에 가려
희생으로 참아 피는 꽃

진 피멍 흐르는 세상 고통
온몸으로 달게 받은
순명의 기도꽃

찬란한 하늘정원
거룩히 피어난
작은 꽃 데레사여

영혼의 맑은 눈
불 밝히고 살아
하늘 가는 바른 길

날렵하여 올곧게 걸어가도록
더 많이 늦기 전
믿음의 청맹과니
무릎 꿇는 불꽃의 기도이게 하소서

성모님께 드리는 노래

피앗, 피앗, 피앗,
이 몸은 주님의 종입니다
지금 말씀대로 제게 이루어지소서
순명의 어머니, 사랑의 어머니,
인류의 어머니이신 성 마리아여
오늘 밤
믿음과 희망의 심지를 세워
소망의 물결 출렁이며 타오르는
저 붉디붉은 촛불의 열정으로
오롯이 당신께 다가갑니다

꽃피는 봄,
사방천지 표정 없는 콘크리트 숲에서
피어오르는 메마름의 내음
냉정한 꽃내음 온 마을을 덮어도
한결같이 희생과 가난의 덕이 배인
당신만의 향기론 옷자락
돌 같은 이기심의 마음
얼음같이 찬 가슴 보듬어 녹이며
저희 곁에 계셨습니다

신록의 계절 여름,
당신을 우러러 겸손의 자태로
소담스레 피어 있는 능소화
당신이 흘리시는 애덕과 온유의 미소
배워 닮으라 애절한 눈빛 보내고 있었지요
눈앞에 일렁이는
세상 허섭스레기 유혹의 손짓에
온 몸으로 종종걸음 치느라
눈 감고 귀 막으며 당신의 간절한 맘
외면했던 허망한 날들
못난 양심 장미의 가시에 아프게 찔리며
이 밤 통회의 눈물로 용서를 청합니다

단풍이 붉게 물든 가을날,
소명 다한 낙엽이
발치에서 바스락거릴 때
또다시 온전한 기도의 열매를 맺으라
당신의 존재를 알리고 계셨습니다
회개하라, 보속하라, 평화를 위해 기도하라
저희 곁에 오시어 애타게 이르시던 말씀
캄캄한 고통의 순간에도

시들지 않는 푸른 기도로
주님과 인류를 지키신 어머니
하느님과 이웃을 향해 닫혀있던
냉랭하고 무딘 저희 마음 열게 하시고
일상의 나날이 싱싱한 초록빛 기도가 되어
당신의 가슴으로 흘러들게 하소서

찬 바람 부는 겨울,
함박눈 온 세상 하얗게 덮을 때
티 없이 맑은 어머니의 일생을 좇아가는
저희 공동체의 아름다운 삶이
포근한 솜이불 되어
아프고 힘든 이웃의 고통
따뜻하게 덮을 수 있길 소망합니다

피에타, 피에타, 피에타여,
싸늘한 주검을 안고 피눈물 흘리시던 어머니
가난과 슬픔 죽음과 이별
극도의 아픔을 참아 받으며
희생의 길 걸어가신 어머니 마리아여
가진 자 더 가지려

몸부림치는 냉정한 옷자락에 스치어
맨몸으로 우는 없는 이의 고난을 어루만져주시고
힘 있는 자 발길에 채이어
절망하며 돌아눕는 약한 이의 비애를 헤아려 주소 ,

은총의 촛불이 장미의 기도를 태워
하늘로 오르는 이 은혜로운 오월의 밤
희망의 싱그러운 꽃으로 피어 당신께 약속합니다
내일은 더욱 더 새롭게
나만의 이기심과 불신의 어두움
말끔히 걷어낸
순수의 가슴으로 거듭나는
눈부신 영혼의 옷 마련하겠습니다
끝까지 십자가 곁에 머무신
봉헌의 삶으로 하늘에 오르신 복되신 어머니
온 마음으로 당신을 사랑합니다
천상에 지지 않을 향기로운 꽃
평화와 사랑의 어머니
이제와 저희 죽을 때에 저희 죄인을 위해 빌어주소서
아멘

구름 성(城)

한세상
한결같이 해를 그리다
햇살 눈부시던 날
해맑은 영혼
하늘 높이 날았습니다

노래하는 나비 되어
넘나드는 수평의 하얀 나라
내 삶의 눈빛에
눈 아리고 가슴 아려
눈물이 났습니다

목말라 우는 심장
마음 쪼갠 보혈로
모질게 채워가며
모자란 행복에
모든 것이 되어준 침묵의 영혼

별보다 귀한 사랑
보시(普施)로 내리는
불변의 햇살 받아
불사불멸 눈꽃으로 피어났습니다
빛으로 영원할 구름 성(城)에서

삶의 향기 진동하는
아가페적 가톨릭시즘(Catholicism)
– 김미화(스텔라)의 시세계

손희락

(시인 · 문학평론가)

1. 신앙과 작품과의 관계성

김미화의 시집 『나의 사랑 하늘입니다』는 제목부터가 가톨릭시즘 세계관에 바탕을 두고 탐색되어져서 그런지 내세지향적인 거룩한 냄새를 물씬 풍기고 있다.

통독한 원고 절반 이상이 믿음이 돈독한 신앙 시로 채색되어 있기 때문에 종교적 구원의 문제를 견고하게 하면서 독자들의 뭇 영혼을 정화시키는 역할을 하고 있다.

시인의 작품과 종교관은 불가분 유기적 관계를 형성하면서 문학적인 특성으로 나타난다. 고로 작품을 접하는 독자들은 한 편의 시속에서 시인의 사상과 철학적 관념까지 끄집어낼 수 있는데 이를 농사에 비유하면 시인의 신앙은 파종하는 씨앗으로, 창작 작품은 추수 때 거두는 열매로 이해하여도 무방할 것이다.

평자는 먼저 태풍이 불어도 흔들림이 없을 것 같은 가톨릭 신앙에 관하여 관심을 가져보았다.

> 꿈의 결실
> 베드로, 미카엘라, 스텔라, 바오로, 가브리엘라
> 기도의 품에 안고 민간인 통제구역
> 지아비 바라기로 따라 돌며
> 가르침의 날개 아프게 접고
> 뽀얀 흙먼지 길에
> 핏빛 자목련 꽃으로 피어난 여인
>
> 아픈 세월의 강
> 보랏빛 자맥질 숙명으로 끝내고
> 반쪽 잃은 몸으로
> 일흔, 성상 위에 영롱한 침묵
> 보석처럼 반짝입니다
>
> – 「마리아의 고희」 중에서

마리아(어머니)의 고희를 맞아서 감사하는 심정으로 쓴 위의 작품에서 감지되는 것은 두 가지이다. 첫째는 화자의 신앙연조에 대한 유추이며, 둘째는 남편을 잃고 5남매를 성장시킨 어머니 마리아의 희생적 사랑과 교육에 대한 열정이다.

훌륭한 어머니는 김미화 시인의 문학적 출발점이 되어진 것
으로 보인다. 화자의 신앙뿌리는 어머니에게서 유전되었고 유
년시절부터 체질화된 신앙과 믿음은 훗날 사랑으로 승화되면
서 인격으로 굳어졌다.

한국문단에서 신앙시를 쓰고 있는 시인들의 대부분이 부모
로부터 물려받은 모태신앙이거나, 유년시절부터 신앙 교육을
철저하게 받으면서 성장하였다는 공통점을 지니고 있다.

그래서 그런지 지천명의 인생길을 걷고 있는 화자의 발자국
은 흔들림이 없고 혼돈의 숲에서 헤매고 있지도 않다.

『나의 사랑 하늘입니다』 표제에서 관류하고 있는 종교적인
의미는 무엇인가? 손에 들고 있는 인생 열차의 티켓이다. 이
땅위에 부귀영화나 욕망의 탑을 건설하는 데 힘쓰기보다는 마
지막 종착지, 하늘(천국)에 대하여 사랑과 관심, 삶의 열정을
집중시키며 그 위대한 나라를 유업으로 물려받는 영광의 날에
소망을 두고 지혜롭게 살아가는 것이 중요하다는 것을 함축하
고 있는 것이다.

신앙심이 깊은 김미화의 시세계가 어떻게 펼쳐지고 있는지,
동일한 시대를 살고 있는 인생들에게 던져주는 심오한 화두의
메시지가 무엇인지, 일별해보고자 한다.

2. 시적 소재의 다양성 및 통찰의 깊이

김미화 시인의 시적 소재나 경향이 신앙적인 체험이나 고백
등이 주류를 이르고 있지만 다양한 서정시들도 시적 주제에
따라 아름답게 혹은 진솔하게 펼쳐지면서 독자들의 눈길을 끌

고 마음을 사로잡는다.

　시를 쓰는 모든 시인들이 그러하겠지만 화자의 시에는 독특한 자기만의 목소리와 성찰이 응축되어져 삶과 인격을 대변하면서 가슴 속에서 끓어오르고 있는 구령애(救靈愛)의 열기와 혼합되어진다.

　　　가을바람에 마른 심장
　　　허기진 핏줄을 채우려
　　　나도 모르게 움켜쥔 포도 한 송이

　　　가슴 울컥거림 진동에
　　　싱크대 아래로 툭 떨어진 한 알
　　　발에 밟히며 비명을 지른다

　　　보듬어 살리는 기쁨으로
　　　아프게 터지는 유혈의 웃음
　　　이사야의 당신 목소리로 들려옵니다

　　　— 넌
　　　내 눈에 넣어도 아프지 않을
　　　나의 귀염둥이 내 사랑이다

　　　변함없이 샘솟는 자줏빛 사랑
　　　흥건히 젖는 감사의 전율
　　　그 사랑에 안기어 홀연히 일어납니다

　　　－「자줏빛 사랑」 전문

시의 제목은 평이하게 붙여 놓았지만, 사소한 체험을 시적으로 형상화한 함축의 메시지는 의미가 깊다.

이 시의 창작 동기는 일상에서 흔히 있는 사건이다. 가을 끝물 포도를 씻다가 포도알이 이탈되어 싱크대 밑으로 뚝 떨어졌고 화자의 발아래 밟혀 그만 터져버린 것이다.

일상에서 벌어지는 이런 사건은 누구나 체험할 수 있고 추락한 포도 알은 발에 밟혀 터지지 않았다 해도 거의가 다시 주워 담지 않고 쓰레기통에 버리게 된다.

감성이 예민한 시인은 이 사건에서 기발한 발상을 얻어 한 편의 시를 쓴다. 사물을 바라보는 시안(詩眼)이 열려 있고 메시지 또한 간결하면서 의미성을 내포하고 있어서 어떤 재료이든지 간에 기회(소재)만 주어지면 자유롭게 요리(창작)를 할 수 있는 노련미를 지니고 있음을 감지하게 된다.

그런데 김미화 시인은 터진 포도 알을 주워 보듬어 살리는 기쁨을 체험했다고 말하고 있고 이때, 허공에서 들려오는 신비한 음성을 듣게 된다. 이 터진 포도 알이 바로 주님 앞에서 시인, 자신의 모습이라는 깨달음이다.

발에 밟혀 터져버린 절망적인 상태, 비참하게 버려질 수밖에 없어도 "내 눈에 넣어도 아프지 않을/ 나의 귀염둥이 내 사랑이다" 그렇게 주님은 말씀하고 있다는 것이다.

포도를 의인화한 시법의 노련함 속에서 함축의 의미 또한 자신이 체험한 환희를 독자들에게 전달시키어 공유하고 있는 좋은 작품이다. 사물이나 사건을 바라보는 시적 안목이 이보다 더 깊을 수는 없을 것이다.

이렇게 깊이 들여다 볼 수 있다는 것은 무엇을 증명하는가?

맑고 깨끗한 계곡물에서 헤엄치는 물고기를 쉽게 발견할 수
있듯이 화자의 감수성이 순수하고 투명하여 관찰력이 예민함
을 증명하고 있는 것이다.

> 해풍에 결핵을 앓아
> 꼬득꼬득 말라가는 널
> 어부는 철저하게 외면하였겠지
>
> 푸른 유영 그리워 몸부림치다
> 싸늘하게 식어간 너의 시신 앞에
> 저 갈매기 슬피 날며 곡이나 하여 주었을까
>
> 핏빛, 네 아린 속살에
> 위안의 미역 이파리
> 부드러운 수의로 덮는다
>
> 씹을수록 고소하고 알싸한
> 취한 듯 아득하고 묘한 맛,
> 어젯밤 불면으로 씌어진 내 시가 너였으면 좋겠다
>
> ─「구룡포 과메기」 전문

　시인이 사물을 바라보면서 토해내는 언어나 미묘한 비유들
이 감칠맛이 날 때, 독자들은 시인의 시에 심취하여 행복에 젖
게 된다. 그리고 그 시인의 진정한 팬, 독자가 되어 연속 발간
되는 시집을 기다리게 된다.

위의 시에서 자기만의 독특한 상상과 이미지, 시어(詩語)를 발견하게 되는데 평자의 입가에 흐뭇한 미소를 선물하고 있다. 과메기가 해풍에 말라가는 과정에서 하늘 나는 갈매기가 통곡하여 주었는지 묻는 부분도 그렇지만, 돌돌 싸서 먹는 미역을 수의로 표현하고 있어서 놀랍다. 과메기도 인간처럼 마지막 걸치고 가는 미역비단 소재, 수의가 있다는 것을 나는 오늘 김미화의 시를 읽으며 깨닫게 되었다.

시의 전개에 있어서 물처럼 이어가는 각 연의 흐름도 중요하지만 결론을 잘 쓰는 것은 시에 생명을 불어 넣는 마지막 난제로 참으로 중요하다. 과메기를 입 안에 넣고 꼭꼭 씹으면서 내뱉는 화자의 독백, 어젯밤 불면으로 씌어진 내 시가 너였으면 좋겠다고 말하고 있다. 감동적인 맛에 대한 최고의 표현, 찬사가 아닐 수 없다.

김미화 시인의 어법은 단순한 것 같으면서도 아무나 쉽게 건져낼 수 없는 독특함을 지니고 있다. 작품들마다 꼬득꼬득 알싸한 과메기 맛을 지니고 있고 언어의 흐름이 자연스러우면서도 은근한 호소력을 내포하고 있는 특징을 보이고 있다.

3. 타인을 위한 희생적 사랑

오늘날처럼 극단적인 이기주의로 치닫고 있는 현실에서 자신보다 타인을 위해 산다는 것은 신부나 수녀처럼 성직자의 신분이 아니면 불가능할 것이고, 그런 삶을 추구한다면 존경받기보다는 바보처럼 산다는 비난의 돌에 맞아 원치 않는 상처를 입기 쉬울 것이다.

김미화의 시를 읽으면서 평자는 그의 고상한 인격에 대하여 깊은 생각에 잠기게 된다. 왜냐하면 한 편의 시는 그 마음속에 자아(自我)가 진솔한 언어의 옷을 입고 모습을 드러낸 실체이기 때문이다.

어디서 온 바람인지
딩동딩동, 불쑥 들어와
팥 시루떡 한 접시 전해준다
이웃, 구수한 마음 고맙게 받았지만
빚진 기분이다
아래층에 묵고 있는 내가 약자인데
다툼 없이 잘 지내길 기도할 뿐이다

– 「2007, 이웃」 전문

위의 작품에서도 언급하고 싶은 것은 많지만 시인의 보편적인 의식만 확인하고 지나간다.

화자는 받기보다는 주는 것을 더 기뻐한다. 이사 온 가정에서 이웃에게 돌리는 시루떡 한 접시까지도 타인에게 받는 것은 빚진 기분이라고 말한다. 물론 그릇을 돌려주면서 보답의 정성을 담았으리라 유추되지만 이웃에게 베풀기를 원하는 천성이 감지되고, 간결한 시이지만 강자와 약자가 더불어 살면서 소음문제로 다툼이 없는 이웃, 배려의 미, 공동체 의식의 중요성을 적절히 함축하고 있다.

오늘 하루만큼은
자신을 위하여 구하지 않겠습니다
가족을 위하여 기도하지 않겠습니다

사욕을 좇는 기도만 해왔기에
오늘 아침 태양을 바라볼 때
심히도 부끄러워 눈을 감았습니다

내가 받아야 할 양식 있다면
어려운 이웃에게 주시고
내가 누려야 할 축복 있다면
병든 이들에게 나누어 주옵소서

성모님
나의 진실한 기도를 들어주소서

– 「마음 가난한 날의 기도」 전문

위의 작품에서 보면 타인을 위한 사랑을 실천하는 시인의 의식을 확고하게 느낄 수 있다. 자신을 위하여서, 가족을 위하여서 오늘 하루는 특별히 구하지 않겠다는 것은 평신도의 기도라고 말하기는 차원이 매우 높다. 왜냐하면 모든 인간들은 타인에게 피해를 주지 않고 더불어 사는 방편을 강구하면서도 자기의 유익을 좇는 이기심을 소멸시키기는 어렵기 때문이다.

내가 받아야 할 양식 있다면
어려운 이웃에게 주시고
내가 누려야 할 축복 있다면
병든 이들에게 나누어 주옵소서

참으로 멋진 기도이다.

성모님께서 이 기도를 들으셨다면 타인에게는 물론 화자의 인생길에도 갈증과 고통을 씻어내는 축복의 단비를 흡족히 내려주실 것 같다.

고로 김미화 시의 특성은 순수하고 아름다운 데 있다. 모든 시인들이 아름다운 시를 쓰고 싶어도 뜻대로 되지 않는 이유는 무엇인가? 청결하지 못한 내면 의식에 문제가 있음을 자각하지 못하고 있기 때문이다. 사욕에 치우치지 않는 투명한 눈으로 사물을 바라보고 생명력을 불어넣거나 예인하는 순수한 시심으로 시를 쓸 때, 그 시가 감동의 날개를 달고 독자들의 가슴을 울려 사랑을 받게 될 것은 자명(自明)한 일이다.

주님
감기 앓아 상한 목소리입니다

둔탁하든지
꾀꼬리처럼 울려 퍼지든지
아름답게 들리게 하시어

무거운 마음
지친 눈빛
기도하는 이들에게
위로와 평안이 되게 하소서

당신이 제게 주신 것
당신의 것이오니
미사에 참례한 저들 귓가
복된 음성으로 들리게 하소서

– 「미사해설 전 드리는 기도」 전문

시인의 재능, 달란트 역시 다양한 것 같다. 그리고 주어진 재능을 자신의 것으로 여기지 않고 주님의 것으로 인정하여 봉사하고 있다. 참으로 겸손하다. 겸손한 신앙에서 풍겨 나오는 향기가 여러 작품들 속에서 진동하는 것을 감지하게 된다.

피곤에 지친 눈을 감고 강론을 듣는 회중을 대표하여 드리는 기도자의 목소리가 근심 걱정에 사로잡힌 성도들에게 기쁨과 위안이 되는 절대자의 목소리로 변환되어 들릴 때도 있다. 이것은 물론 신비한 체험의 영역에 속하는 것이겠지만, 오늘 본문 시에서 구하고 있는 화자의 기도가 그런 성령의 역사를 간절히 원하고 있다. 심성이 아름답고 소유한 신앙이 깊다.

「염원」 「화려한 식탁」 「갈색별리」 「태안흑사병」 등 여러 작품에서도 아가페적 사랑을 실천하며 살고 싶고, 베풀어

나누고 싶은 애틋한 심정이 감지되지만, 지면관계상 언급하
지 못하고 줄인다.

4. 확고한 신앙, 가톨릭시즘의 실천

김미화 시인의 신앙은 그의 시 「성모 마리아」 「성모님께 드
리는 기도」 등에서 보듯이 확고하고 불변이다.
투철한 신앙으로 무장되어 있는 시인의 의식은 가톨릭시즘
의 실천으로 표출되는데, 그의 인격을 대변하는 생동감 있는
시, 작품을 쓰고 배치하는 일과도 연결되어진다.
근래에 가톨릭(Catholic)이라는 단어와 병행하여 가톨리시즘
(Catholicism)이라는 표현을 자주 듣게 된다. 이 둘은 비슷하기
는 하지만 같은 말은 아니다.
쉽게 말해서 가톨릭과 가톨릭시즘의 관계는 어떤 브랜드와
상품의 관계로 이해하면 된다.
가톨릭을 믿든지 기독교를 믿든지 간에 신자라면 예수님의
지상명령에 따라 빛과 소금의 역할을 감당해야한다. 빛과 소
금의 역할을 감당하지 못하게 되면 나로 인해서 교회로 들어
오는 출입문을 막아버리는 불행한 위치에 서 있게 되어 가톨
릭이라는 성스러운 브랜드의 가치를 추락시키는 불량상품이
되어버린다.
그런데 김미화 시인의 삶의 모습이나 성모님의 사랑을 실천
하려는 아름다운 의지는 가톨릭이라는 거룩한 상품을 감싸고
있는 아름답고 화려한 포장지 같아서, 세상 속을 배회하는 불
신자들의 발걸음을 성당 안으로 인도하는 사명을 넉넉히 감당

할 수 있을 것 같은 예감이 든다.

오늘날, 교회나 성당에 이끌려 나왔다가 언행일치가 되지 않는 먼저 믿은 이들에게 실망하거나 심적 상처를 받아 주님을 등지는 일들이 허다하기 때문이다.

참으로 오묘한 시간
스스로 빚은 공간
양심의 맨발로 줄타기 곡예를 한다

헤어나려 안간힘 할수록
희열과 고뇌의 줄이
마른 목을 휘휘 감아 조이는

밤새 끝나지 않을
방향을 찾을 수 없는 미로
아득한 이 시간 이 공간은

당신 신비의 순간을 잡고
자비의 하늘을 날고픈
자유의 곡예사 상념 줄에 엮인 고해의 넝쿨 속

－「고해의 넝쿨 속」 전문

고해는 신부에게 보속을 받는 고백성사와 스스로 기도하여 자신을 성찰하는 일상적인 회개기도 등으로 구분할 수가 있을 것이다.

위에서 인용한 시를 보면 화자는 자신을 점검하여 마음을 청결케 하는 기도를 주야로 올리고 있는 것 같다. 성당에서 엎드리든지 아니면 집에서 묵주기도하며 자신을 살피든지 간에 양심의 맨발로 줄타기 곡예를 하고 있다고 비유했는데 시적인 표현, 묘사가 매우 흥미롭다. 줄타기 곡예는 위험하다. 그러나 중심을 잡고 멀리 바라보고 서서 한 발 한 발 움직여 앞으로 나가면 안전하다.

인용한 한 편의 시에서도 발목을 잡는 상념 속, 거짓 자기를 통제하고 자유롭게 하늘을 날고픈 신앙적 행위와 간절한 소원성이 감지되어진다. 이런 기도의 노력을 통해서 신앙은 성장하고, 인격은 주님을 닮고, 행동은 세상의 빛과 소금이 되는 것이다.

고로 위의 시는 함께 공유하는 독자들에게 실천적 화두를 던져주어 음미케 하는 좋은 작품이 될 것 같다.

이마에 재를 얹고
돌아갈 제집을 그립니다
머리는 당신께로
가슴은 제멋대로 살아온 인생
평생 제게 맞는 고운 옷
넘치도록 먹여주신 일용할 양식
그 사랑의 의미를 생각합니다
뒤늦은 후회 깨달은 영혼
분향 속에 온갖 상념 날리는 날
당신을 먹고 마시며 온몸으로 느껴

제대로 걸어야 할
십자가의 길 초입에서
이마에 재를 얹고
돌아갈 제집, 본향을 그립니다

　－「재의 수요일」 전문

　인용한 시에서도 회개기도하는 모습이 보인다. 그런데 그냥 기도하는 것이 아니다. 이마에 재를 얹고 기도한다. 재를 얹고 기도하는 이유는 머리는 당신께로 가슴은 제멋대로 살아왔기 때문이라고 겸손하게 고백하고 있다.

　자신의 실체를 깨닫고 있다는 것은 무엇을 증명하는가? 김미화의 시가 철저한 자기 성찰의 바탕 위에서 명확하고 진솔하게 씌어진 언어라는 사실을 직감하게 한다.

　성서에도 보면 바리새인은 죄를 깨닫지 못한다. 그러나 세리는 자신의 가슴을 치면서 지은 죄를 통회하고 자복한다. 예수님께서는 스스로 거룩하다는 바리새인들을 책망하시고 세리는 의롭다고 칭찬하셨다.

　그런데 평자가 주목하는 것은 이마에 재를 얹고 하는 시적인 표현이다. 구약성서 「욥기」에 보면 의인 욥의 회개 역시 재 위에 앉아서 이루어졌다. 재는 절박한 상황의 묘사이다. 자신의 아집과 교만, 소유를 불태워서 빈손, 무소유가 되어서 기도한다는 상징적인 의미를 함축하고 있다.

　시의 제목도 '재의 수요일'이라고 붙여 놓았지만, 재를 이마에 얹고 돌아갈 집을 기다린다는 결미부분에서의 반복되는 시어 취택은 참으로 놀랍다.

이 작품은 김미화 시인의 총체적 신앙 그 깊이를 대변하고 있다. 교회의 이름으로 행하는 봉사나 시인의 인격에서 진동하는 겸손의 향기를 통하여서 주님의 영광을 무시로 드러내는 가톨릭시즘의 실천자로 손색이 없을 것 같다는 확신이 든다.

첫 시집 상재 이후, 앞으로 탄생되어질 신앙 시들은 거룩한 물줄기를 폭포처럼 뿜어내면서 독자들의 가슴 속에 쌓인 오염 물들을 깨끗이 씻어내는 시인의 사명을 감당해낼 것 같아 기대가 된다.

5. 결론 – 나의 사랑 하늘입니다

김미화 시인의 삶은 내세와 연결되어져 있다. 그의 신관(神觀)이나 인간관, 세계관 그리고 시학(詩學) 역시 천국을 지향한다.

인간은 누구나 이 세상 현실 속에서 나그네로 살아가고 있지만, 어느 날 운명적인 부름을 받아 본향으로 돌아가야 한다. 인간의 의지와 힘으로 거부할 수 없는 미래적 사건이 우리 모두를 기다리고 있다.

현세에서 움켜쥐고 있는 물질과 육신 등 총체적 소유에 대한 투자처를 바로 찾고 사랑과 겸손으로 주님의 말씀을 순종하여 살아가야 할 이유는 돌아가야 할 곳이 있기 때문인데, 그곳이 어디인지 장소적인 개념, 확실한 주소를 우리는 알고 있다.

언제부터인가 하늘을 사랑합니다
별빛, 달빛 타고
긴 꼬리 유성으로 내 가슴 통과하는 당신
너무 좋아 어쩔 줄 모릅니다

멀고도 가깝게 느껴지는 그곳에
당신이 계신다기에
꿈길 까치발, 손 높이 흔들어도 닿을 수 없어
안타까워 눈물만 흐릅니다

두둥실 구름으로
당신 곁 떠돌 수 있다면
미세한 티끌로 분해 되어
사라져도 좋겠습니다

언제부터인가 하늘을 사랑합니다
두 손 모으고 목 놓아 부르면
나 여기 있노라 응답하시는
나의 사랑 당신이 있기 때문입니다

– 「나의 사랑 하늘입니다」 전문

　　시인의 신앙은 이론적 단계를 초월하여 체험으로 성숙하여
있다.
　　1연에서는 긴 꼬리 유성으로 통과하는 성모님이나 주님의
사랑을 느끼고 있고, 3연에서는 언제 어느 때 삶의 종말이 닥

쳐와 분해되어도 좋다는 의미로 말하고 있는데, 믿는 자에게 닥치는 죽음의 순간이야말로 슬픈 통곡보다는 더 좋은 본향으로 이주하는 수지(收支)맞는 축복의 날임을 인식하고 있기 때문이다.

이 세상 살다 가는 삶은 은밀히 말해서 멋지게 투기하고 가는 것이다. 투기하고 간다는 말은 강남지역에 상가나 아파트를 사는 것이 아니다. 황금덩어리는 아무리 많아도 죽음의 관문을 통과하는 날, 그 효과를 상실한다. 먼 훗날 누리게 될 천국, 사망 선을 통과한 후에도 효력이 살아 있는 영원한 곳에 투자해야 하는 것이다.

화자는 그 투자에 실패하지 않기 위해서 삶의 여백을 선용하여 창작을 하고 있고, 자신의 실체를 드러낸 귀한 작품들을 묶어 상재하면서 전도, 투자 행위에 나서고 있다는 생각을 떨칠 수가 없다.

화자가 시인으로 데뷔한 것은 하늘이 허락한 운명인 것 같다. 시를 쓰는 원천적 동력 또한 현세에 있지 않고 내세를 지향한다.

고로 시의 운율이나 기교면에서는 설익었다 판단할 수도 있겠지만 진솔하고 감동이 넘치는 평이한 어조로 '나는 하늘을 사랑한다' 고 속삭이며 공감대를 형상하는 영혼(독자)들을 찾아 끌어안고 있기 때문에 예사롭지 않다.

시인은 시를 쓰는 목적이 분명해야 한다. 시를 쓰는 목적이 확고하지 않으면 스스로 정체성을 확립하지 못하고 퇴보하거나, 나태하여 시인의 사명을 다할 수가 없다.

김미화의 시세계는 넓고 깊다. 그의 시적 목소리는 천상의

음악처럼 청아하다. 그리고 함축된 메시지는 사랑이 녹은 강
물이 흐르듯 잔잔하고 평화롭다.

정교하게 언어를 조탁한 기라성 같은 유명 시인들의 시보다
약간은 미숙한 듯하면서 진솔하게 씌어진 시가 감동의 파고
(波高)가 더 높게 출렁이는 이유는 무엇일까? 이 문제는 평설로
추적할 수 없는 김미화만의 시적 성공의 비밀인 것 같아 그냥
덮어둔다.

영세 명처럼 인생의 하늘에서 어둠을 밝히고 진리 가운데로
인도하는 별이 되어 반짝이도록 정진을 기대하면서, 시집 상
재를 축하드린다.

언제부터인가 하늘을 사랑합니다
두 손 모으고 목 놓아 부르면
나 여기 있노라 응답하시는
나의 사랑 당신이 있기 때문입니다